A FUGA DE EDGAR

Edgar J. Hyde

Ciranda Cultural

Dados Internacionais de Catalogação na Publicação (CIP)
(Câmara Brasileira do Livro, SP, Brasil)

Hyde, Edgar J.
A fuga de Edgar / Edgar J. Hyde ; [tradução Silvio Antunha].
– Barueri, SP : Ciranda Cultural, 2015. – (Hora do Espanto)

Título original: Edgar escapes.
ISBN 978-85-380-3248-9

1. Ficção juvenil I. Título. II. Série.

15-02224   CDD-028.5

Índices para catálogo sistemático:
1. Ficção : Literatura juvenil 028.5

© 2009 Robin K. Smith
Esta edição de *Hora do Espanto* foi publicada
em acordo com Books Noir Ltd.
Título original: *Edgar escapes*

© 2012 desta edição:
Ciranda Cultural Editora e Distribuidora Ltda.
Tradução: Silvio Antunha

1ª Edição
www.cirandacultural.com.br
Todos os direitos reservados. Nenhuma parte desta publicação
pode ser reproduzida, arquivada em sistema de busca ou transmitida
por qualquer meio, seja ele eletrônico, fotocópia, gravação ou outros,
sem prévia autorização do detentor dos direitos, e não pode circular
encadernada ou encapada de maneira distinta àquela em que
foi publicada, ou sem que as mesmas condições sejam
impostas aos compradores subsequentes.

Sumário

O Escriba	5
A Fase de Crescimento	11
A Formação do Preceptor	17
Uma Jornada Perigosa	23
A Nova Família	29
O Aviso	35
Os Meus Pupilos	41
O Meu Dilema	45
A Maldição	49
Obras Malignas	53
A Vingança de Edgar	59
As Minhas Inspirações	65
De Volta à Vida	69
O Acordo do Livro	75
A Desforra	81
A Volta de Edwin	87
A Próxima Fase	93

Capítulo 1

O Escriba

Esta é a minha história e vou contá-la a você. Eu sou Edgar J. Hyde, narrador de tenebrosas histórias de além-túmulo. Há muito, muito tempo, eu era um estudioso aplicado. E também fui tutor. Querido leitor, vou revelar a pessoa que existe por trás destas histórias, de onde eu vim e qual o meu propósito.

Agora, peço-lhe que a leia, se tiver coragem!

* * *

Depois de trazer muitas histórias fantasmagóricas e desprezíveis ao seu conhecimento, eu decidi que precisava contar a minha própria história. Tenho certeza de que você está ao menos um pouco interessado em saber quem foi Edgar J. Hyde e quem ele é hoje. Diante dessa busca por informação, senti que a melhor maneira de atendê-lo seria contar-lhe a minha história. Querido leitor, eu não seria nada sem a sua atenção.

Hora do Espanto

Produzir as minhas histórias em forma escrita não é uma tarefa fácil para alguém como eu, que alcança vocês de além-túmulo. Hoje em dia, você tem computadores poderosos, e-mails e Internet, mas essas coisas são de pouca utilidade para mim. É preciso confessar que não entendo como essas máquinas funcionam. Assim, esta história chega até você pelo trabalho do Hugo, o meu mais dedicado servo e escriba.

Foi uma noite longa e escura para Hugo quando me aproximei dele, cheio de pensamentos perturbadores e maldosos. Era como se o encontro de nossas mentes estivesse predestinado. Se eu não tivesse aparecido nos pensamentos dele, acho que ele teria enlouquecido e se matado naquela noite. Hugo estava muito perto do limite.

Entrei nos pensamentos de Hugo quando ele cochilou. O meu objetivo era fazer com que ele contasse a minha história. Ele, felizmente, aceitou o meu pedido e escreveu tudo o que lhe contei de além-túmulo. Este livro foi publicado como de minha autoria e não dele. Ninguém acreditaria que um homem como o Hugo pudesse aparecer com uma história dessas, fosse verdade ou ficção. Embora ele tenha escrito livros, jamais escreveu algum como esse.

Hugo ouviu a minha voz e fielmente escreveu tudo o que eu falei. Só por esse trabalho, eu agradeço a ele do fundo da minha alma.

A Fuga de Edgar

A princípio Hugo não tinha certeza do que faria comigo e com aquilo que eu dizia a ele. Ele achava que eram apenas indícios de que estava perdendo a razão. Alguém lhe disse, ou ele tinha escutado em algum lugar, que ouvir vozes na cabeça era um sinal seguro de doença mental. Por um momento ele se desesperou acreditando nisso. Ele pensou: será que tudo terminaria em loucura?

Entretanto, ele começou a ouvir mais nitidamente e passou a acreditar que eu falava a partir do mundo dos espíritos. Todo pensamento de loucura desapareceu de sua mente. Ele começou a perceber que experimentava alguma coisa especial, algo único, que bem poucas pessoas conseguem entender. Os nossos pensamentos pareciam combinar e entendíamos um ao outro perfeitamente bem. Eu queria que Hugo escrevesse a minha história, e ele queria ouvir o que eu tinha para contar. De muitas maneiras, para ambos, foi o ajuste perfeito.

Fiquei muito feliz de ter topado com Hugo naquela noite. Ali estava um homem que ouviria sem questionar o que eu tinha para contar. Ele era dotado de um cérebro ágil, que durante anos ficou adormecido pela falta de confiança em si mesmo e pela autopiedade. Eu girei a chave e liberei o poder de sua mente para realizar a tarefa de ouvir e publicar a minha história. Que sorte eu tive!

Hora do Espanto

Hugo não era um homem de boa aparência. A perda do cabelo, ainda jovem, serviu apenas para destacar suas orelhas e seu enorme nariz. Ele também era um homem alto, e isso significava que a maioria das pessoas que o conheciam ficavam incomodadas e se assustavam com ele. O fato de aqueles que não o conheciam acharem que ele era uma figura perturbadora e ameaçadora sempre foi motivo de preocupação e de frustração pessoal.

Um talento que Hugo possuía, mas que ninguém apreciava, era escrever. Ele tinha redigido e enviado alguns romances a editoras, mas as únicas respostas que recebia eram cartas de recusa. Isso minou a confiança de Hugo a respeito de sua capacidade de escrever e o levou à profunda depressão. Ele arrumou vários trabalhos temporários para dar conta das despesas, mas isso só o deixava ainda mais deprimido.

Eu tinha uma história para contar e Hugo se mostrou um ouvinte muito atento e um ótimo escritor. Na noite em que entrei em seus pensamentos, ele estava desesperado. Encontrava-se no limite da sanidade e à beira de decidir acabar com a própria vida. Felizmente, ele me escutou e eu escutei-o. Ele me contou suas angústias e seus problemas, em troca, contei-lhe os meus.

Parece que ele tirou um peso dos ombros quando me contou sua vida. Eu o escutei atentamente e isso

A Fuga de Edgar

permitiu que ele se sentisse calmo e confiante na minha presença. Logo, nós chegamos a um ponto em que confiávamos um no outro. Da minha prisão no mundo espiritual eu tinha encontrado um aliado vivo na Terra. Fiquei muito contente com isso.

Na escuridão de uma noite tempestuosa ele começou a escrever a minha história para mim.

Capítulo 2

A Fase de Crescimento

A minha história começa há muitos séculos, na Idade Média. Eu nasci em uma data tempestuosa: All Hallows Eve (agora conhecida como Halloween, o Dia das Bruxas, ou véspera do Dia de Todos os Santos) no ano de Nosso Senhor de 1396. O meu pai, Joshua, era preceptor na casa do poderoso barão de La Rochelle. A minha mãe, Eve, ficou encantada, como fui bem informado, de ver o nascimento de seu único filho. Eles decidiram me chamar de Edgar Joshua, e assim fui batizado.

As minhas primeiras lembranças são de ter me assustado na escuridão dos gélidos salões do castelo do barão onde nós morávamos. Eu me lembro de ficar lá sentado, paralisado de medo pelo que acontecia do lado de fora, na escuridão.

Os cães de caça do barão uivavam, e os portões de ferro fundido que levavam às masmorras eram trancados no meio da noite. Às vezes, gritos de dor podiam ser ouvidos dos infelizes que acabavam trancafiados nas masmorras do barão de La Rochelle.

Hora do Espanto

Ele era conhecido na região pelas terríveis torturas que infligia aos prisioneiros. Diziam que uma vez que um homem fosse parar nas masmorras do barão, ele jamais seria visto com vida novamente.

Nós morávamos no imenso castelo do barão porque o meu pai era preceptor dos filhos dele. Ele ensinava principalmente Francês, Latim, Matemática, História e a Bíblia.

Naqueles tempos antigos, só os membros das famílias abastadas, como os descendentes do barão, recebiam algum tipo de educação. As outras pessoas, com exceção dos monges, dificilmente sabiam ler e escrever. Felizmente, pelo fato de ser filho de um preceptor, pude me dar ao luxo de receber alguma educação.

Sempre me lembro de ouvir o meu pai dizer:
– Para nós, é a educação que faz a diferença, filho.

Com isso ele queria dizer que tínhamos muita sorte por sermos educados e, portanto, respeitados por causa disso.

Até mesmo o próprio barão, Guy de La Rochelle, com toda sua riqueza e poder, sentia uma certa admiração, misturada com inveja, pelo meu pai e seus conhecimentos. O barão sabia que sem a educação, seus filhos arruinariam todo o trabalho que ele dedicou ao castelo e às suas terras.

Meu pai era um homem severo, mas justo. Com ele, você sabia até onde podia ir. Os garotos do barão

A Fuga de Edgar

também sabiam. Se eles não se comportassem, o meu pai engrossava com eles.

Ele batia a cabeça deles uma na outra, ou prendia os dedos deles com uma vareta. De nada adiantava eles reclamarem para o barão. Ele acreditava na disciplina rígida e toda vez que os filhos se queixavam do tratamento administrado pelo meu pai, ele mandava que a punição fosse aplicada em dobro.

A minha infância me pareceu absolutamente comum, já que quando era pequeno não pude desfrutar dos benefícios que a educação proporciona. Eu consegui não pegar peste, varíola e outras inúmeras doenças fatais que eram muito comuns naquela época.

A guerra e a fome também foram ameaças reais nos meus primeiros anos. Raramente passávamos um ano sem uma colheita ruim ou sem o castelo ser atacado pelos inimigos do barão. A morte levou vários meninos e meninas que eu conhecia e com quem tinha brincado. Ela nos rondava constantemente e ameaçava nos atacar a qualquer momento.

Enquanto eu estava saindo da minha infância, os outros garotos da minha idade eram criados para trabalhar nos campos, e dependiam do próprio juízo e dos próprios músculos. Eles deveriam se tornar soldados, pastores e servos. Eu era um garoto muito estudioso e não tinha tempo para as brincadeiras brutas deles. Com o tempo, passei a ficar cada vez menos na

Hora do Espanto

companhia deles e a seguir as pegadas de meu pai e de outros adultos.

Na verdade, comecei a não gostar mais das outras crianças por causa dos modos e da falta de educação delas. Eu detestava jogos bobos e risadinhas tolas. As crianças podiam ser muito cruéis e grosseiras umas com as outras sem motivo algum.

Elas simplesmente me aborreciam tanto que eu desejava crescer rapidamente para escapar delas de uma vez por todas.

Mas me dei conta de que estava em uma posição estranha. Era praticamente certo que eu seguiria os passos de meu pai, e também me tornaria um preceptor. Só que você não pode ser preceptor sem ensinar crianças. Eu imaginava que se fossem apenas uma ou duas dessas pequenas criaturas insanas, provavelmente conseguiria aguentar. Se perseverasse, eu estava certo de que poderia lidar com algumas crianças terríveis.

Eu não tinha nenhuma outra ideia a respeito do que gostaria de ser e apenas aceitei esse caminho de me tornar preceptor como meu destino.

Acho que eu poderia ter trabalhado na casa real ou no governo da região, negociando tratados ou redigindo as novas leis. O meu pai me garantiu que as pessoas que sabiam ler e escrever eram sempre solici-

A Fuga de Edgar

tadas. Porém, segui o caminho mais fácil e apenas me baseei no meu pai.

Acho que ele ficou contente quando escolhi segui--lo ao me tornar preceptor.

Os anos se passaram e a minha educação prosseguiu. Eu me tornei tão fluente, tanto em latim como em francês, que às vezes o meu pai e eu só conversávamos nessas línguas durante vários dias. Era o nosso joguinho. Mas isso levava algumas pessoas a nos verem como suspeitos, como se achassem que éramos espiões estrangeiros conspirando para desgraçar a região.

Capítulo 3

A Formação do Preceptor

Eu sabia que não poderia ser aluno do meu pai para sempre. Quando completei 18 anos, senti que havia chegado para mim o momento de encontrar um emprego de preceptor longe da minha família e da segurança do castelo do barão. Era tempo de entrar no mundo dos adultos e de ganhar a vida por conta própria.

Foi quando meu pai me disse: – Chegou a hora de você decidir o que vai fazer, Edgar.

Eu engoli em seco e uma tremedeira me tomou dos pés à cabeça diante do futuro que se apresentava diante de mim. O meu pai tinha dito que falaria com o barão de La Rochelle sobre a possibilidade de me indicar para um emprego em um castelo de algum amigo ou aliado dele. Agora, muito rapidamente, tudo começava a se encaixar. Eu estava no meu caminho.

– Se não estiver pronto agora, jamais estarei, pai – repliquei.

Meu pai então disse: – O barão espera você.

Hora do Espanto

Acenei e me dirigi para o imenso salão onde o barão podia ser encontrado. Ao me aproximar do grande salão, a porta estava entreaberta. Uma enorme lareira crepitava e, diante dela, a imponente figura de Guy de La Rochelle, o barão, aquecia as mãos.

Eu tossi de leve na entrada para despertar a atenção dele. Em todos os anos que passei no castelo, jamais tivera a oportunidade de falar com ele diretamente. Eu imaginava se ele ainda saberia quem eu era...

O barão sequer se virou para ver quem havia chegado: – Aproxime-se, Edgar!

Caminhei decidido até a lareira onde ele estava e disse: – Queria me ver, barão de La Rochelle?

– Na verdade, sim – ele respondeu enquanto se virava para me encarar.

O barão coçou a espessa barba preta por alguns momentos, olhando-me de alto a baixo.

– Você é um rapaz bem magricelo – ele observou seriamente.

Esse comentário me deixou muito nervoso e os meus joelhos começaram a tremer.

Ele fungou e disse: – O seu pai disse que lhe ensinou muita coisa e que agora você está pronto para assumir um emprego de preceptor.

– É o que eu pretendo ser – repliquei, tentando parecer o mais calmo e controlado possível.

A Fuga de Edgar

– Ótimo – declarou o barão e espalmou a mão enorme sobre o meu ombro.

Essa pancada seca me atirou para a frente. O barão de La Rochelle zombou por um momento da minha falta de força. Ele realmente não gostava de estudiosos como eu, mas sabia que a educação era uma ferramenta poderosa para ter em seu arsenal.

Ele continuou: – O seu pai é um sábio e estudado que ensina muito bem os meus filhos. Como recompensa, encontrei para você um emprego para ensinar os filhos do barão de Montford. Eles moram a cerca de 20 léguas daqui.

– É muita gentileza da sua parte, barão – eu disse.

– Já ouviu falar do barão e de seu castelo? – ele me perguntou.

– Sim, barão. Vou me preparar para seguir o meu caminho e assumir o meu emprego.

– Você pode sair daqui amanhã e se apresentar ao barão de Montford em três dias – ele concluiu.

O barão de La Rochelle então me dispensou dizendo: – Tenho assuntos mais importantes para resolver agora, Edgar.

Eu me curvei e disse: – Obrigado, barão.

Quando eu caminhava para a porta, o barão gritou:

– Espero que você se torne um preceptor tão bom quanto o seu pai!

Hora do Espanto

Estive pensando ao longo destas mesmas linhas como seria meu futuro trabalho no castelo do barão de Montford. Mas, lá estava ele. O meu destino já havia sido decidido.

Fui treinado para ser preceptor, e preceptor eu seria! Ao anoitecer, arrumei os meus pertences em uma trouxa para a jornada até o castelo do barão de Montford. Eu realmente não apreciei muito a ceia de despedida com os meus pais, pois estava nervoso com a perspectiva da viagem.

– Vinte léguas é uma longa viagem, Edgar. Tem certeza de que vai dar tudo certo? – perguntou a minha mãe preocupada.

Antes que eu respondesse, meu pai disse: – Ele vai ficar bem. É uma grande oportunidade para ele.

– Mas como é esse barão de Montford? Será que vai tratar Edgar bem? – minha mãe perguntou.

O meu pai pareceu um pouco embaraçado com aquilo.

– Eu nunca o vi, mas se o barão de La Rochelle recomendou o Edgar, então acho que não haverá nenhum problema – ele disse.

O fato de ninguém saber nada a respeito do barão de Montford e suas maneiras me deixava nervoso e eu quase não disse mais nenhuma palavra pelo resto da noite.

A Fuga de Edgar

– Você vai voltar logo para nos ver, não é mesmo, Edgar? – disse a minha mãe.

– É claro que vou – repliquei –, assim que o barão deixar.

Capítulo 4

Uma Jornada Perigosa

Despertei no raiar do dia seguinte para uma linda manhã de primavera. Os pássaros cantavam docemente e a neblina estava apenas começando a se dispersar nos campos que rodeavam o castelo.

Parecia um bom dia para começar uma nova vida. Depois de uma grande tigela de aveia e um pouco de pão, montei no meu pônei e acenei despedindo-me dos meus pais.

– Não tema, meu filho. Você vai ficar bem, tenho certeza disso – meu pai falou.

Isso me tranquilizou, pois não importava o que eu pudesse pensar a meu próprio respeito, pelo menos meu pai não tinha dúvidas da minha capacidade.

– Cuide-se! – gritou minha mãe enquanto eu deixava o pátio do castelo, passava pelo grande portão e atravessava a ponte levadiça.

Agarrei a minha adaga quando ela falou assim comigo. De fato, muitas coisas desagradáveis poderiam ocorrer no caminho para o meu novo emprego. Vin-

Hora do Espanto

te léguas (60 quilômetros em termos atuais) era uma distância imensa naquela época.

A jornada no meu pônei demoraria pelo menos três ou quatro dias. Eu via isso como muito tempo para ficar por conta própria e vulnerável para ser atacado.

Além dos vagabundos que perambulavam pela região procurando exatamente pessoas como eu para roubar, também havia a ameaça dos animais selvagens. Naqueles tempos antigos, matilhas de lobos ainda viviam à solta e, quando muito famintos, dizia-se que eles preferiam a maciez da carne humana. Enormes ursos com garras afiadas como navalhas e mandíbulas salivando caminhavam a esmo pelos bosques.

Era possível ainda tropeçar em algum javali selvagem e ser atacado por ele!

O primeiro dia de viagem foi o pior, a minha rota atravessava uma grande floresta. Eu tinha que alcançar uma pousada antes do anoitecer.

Eu ficava apavorado com cada ruído que vinha das árvores. O medo me levou a pensar que existiam milhares de olhos a me vigiar, pertencentes a feras e ladrões, que aguardavam apenas o momento certo para saltarem sobre mim.

Então, de repente escutei vozes bem à minha frente. Era um nobre montado a cavalo, seguido por seu

A Fuga de Edgar

servo a pé. O meu coração pulava quando nos encontramos no caminho.

– Quem poderia ser a sua pessoa, garoto? – o cavaleiro perguntou.

– Eu sou Edgar Hyde – repliquei com a minha voz mais grossa, tentando não deixar o meu medo transparecer.

– Nunca ouvi falar de você. Para onde vai? – ele me questionou.

– Para o castelo do barão de Montford. Serei o novo preceptor – respondi.

– Ah, de Montford. Conheço bem – ele disse e fez uma pausa. – Boa sorte! – ele acrescentou com um riso.

Eles passaram por mim e me deixaram imaginando por que o cavaleiro teria rido depois de ter feito aquela observação. Será que existia alguma coisa que eu deveria saber a respeito do barão de Montford ou de seus filhos?

Quando a claridade começou a enfraquecer no fim do dia, eu me senti animado com o cheiro da fumaça da lenha e da carne sendo assada. A pousada onde eu deveria passar a noite estava por perto.

O corpulento dono do lugar me recebeu com alegria e disse: – Temos a melhor carne e a mais fina cerveja destes lados, meu caro jovem.

Hora do Espanto

Durante a ceia, expliquei para o dono que seria o novo preceptor no castelo do barão de Montford.

Ele ergueu as sobrancelhas quando mencionei o nome.

– Existe alguma coisa a respeito do barão que eu deveria saber? – perguntei.

– Só boatos. Nada com que a sua jovem cabeça deva se preocupar – disse ele.

Era tarde e eu me retirei para dormir. Por um tempo me revirei agitado na cama, com os pensamentos voltados para o que poderia significar a insinuação do dono a respeito de "boatos". Depois, caí num sono profundo.

Acenei para me despedir do dono da pousada e parti para a segunda etapa da minha jornada. Mais uma vez o caminho seguia basicamente pelas sombras de uma densa floresta. Já menos apreensivo com os arredores, fiquei antevendo o meu dia de viagem. No fundo da minha mente, porém, eu notei que não haveria pousada para dormir a próxima noite. Eu teria que enfrentar todas as horas de escuridão a céu aberto. Era algo que eu nunca tinha feito.

O dia passou de maneira bastante agradável, com quase ninguém no caminho que me despertasse qualquer interesse. Foi só quando a noite começou a cair que eu comecei a me sentir pouco à vontade. O que a escuridão reservaria para mim naquela noite? Cada

A Fuga de Edgar

bater de asas ou cada sopro de vento nos ramos chamava a minha atenção instantaneamente. Eu estava uma pilha de nervos.

Fiz uma fogueira bem depressa e sentei recurvado perto dela. Depois de depenar um frango que havia comprado na pousada, assei-o na fogueira. Um delicioso aroma era liberado conforme a gordura escorria e regava a pele.

A perspectiva da refeição me acalmava.

Quando estava prestes a comer, reparei que o meu pônei estava ficando muito agitado. As orelhas dele estavam eriçadas e ele raspava o chão com os cascos das patas dianteiras. Haveria alguma coisa lá fora? Será que o cheiro da comida teria atraído algum visitante indesejado?

Foi então que aconteceu.

Um terrível uivo de fome, de gelar a espinha, veio de um lobo que estava por perto! Fiquei paralisado de medo. Então, houve um momento de silêncio e eu respirei aliviado.

O lobo uivou novamente. Desta vez, pude ouvi-lo bem mais próximo. Eu me levantei e segurei o meu punhal com uma mão e um galho em brasa com a outra.

Será que haveria mais de um lobo? Talvez houvesse uma matilha inteira deles aguardando para me rasgarem em pedaços. Pela minha mente passaram

Hora do Espanto

imagens de presas enormes, horríveis caninos pingando sangue, olhos ensandecidos fixados em mim com fúria assassina, focinhos distorcidos com dentes medonhos à mostra, ganindo pela minha carne.

Quando espiei na escuridão, com a ajuda do galho em brasa, pensei ter visto movimento. De repente, a luz captou um par de olhos. Engasguei com o medo. Será que a fera se preparava para me atacar?

No instante seguinte, o lobo sumiu novamente. A fogueira devia tê-lo assustado. Ele não voltou a uivar naquela noite, embora eu tenha permanecido acordado a maior parte do tempo, aguardando o pior acontecer.

Por fim, eu já não aguentava mais ficar acordado, e caí em sono profundo. Despertei assustado com o calor da manhã. A minha fogueira estava apagada, mas eu imaginei que nenhum lobo tentaria atacar um homem em plena luz do dia. Naquela manhã eu era um jovem muito aliviado.

Depois de juntar as minhas coisas, voltei para a trilha rumo ao castelo do barão de Montford. Ficaria contente quando chegasse ao meu destino. Os perigos da vida do lado de fora de um castelo seguro não eram para mim.

Capítulo 5
A Nova Família

Na tarde do meu terceiro dia de viagem, cheguei à cabeceira de um vale, de onde avistei um castelo a distância. Era o castelo do barão de Montford. Um calafrio de repente me percorreu a espinha como se alguém pisasse na minha sepultura.

Seria mau augúrio o meu destino ficar nas mãos do barão?

Conforme eu me aproximava do castelo, ele parecia se destacar dos arredores causando uma impressão sombria e agourenta. Reparei que a ponte levadiça estava abaixada e me aproximei dos guardas que estavam perto da porta.

Enquanto me aproximava, olhei em cima da porta, também levadiça. O meu estômago embrulhou quando avistei duas cabeças espetadas apodrecendo em estacas acima da entrada do castelo. Um corvo voou baixo, aterrissou sobre uma delas e começou a bicar o que restava do rosto.

– De que assunto veio tratar, rapaz? – um dos guardas perguntou.

Hora do Espanto

Fiquei atordoado com a horrível visão acima de mim e não respondi.

O guarda bruscamente repetiu: – Rapaz, você é surdo? De que assunto veio tratar no castelo do barão de Montford?

Eu me apresentei dizendo: – Sou Edgar Hyde, o novo preceptor dos filhos do barão.

Os guardas me examinaram e, não pressentindo ameaça alguma, levantaram a porta levadiça para permitir a minha entrada no castelo.

– Venha comigo – ordenou um deles.

Eu desmontei do pônei e o puxei pelo movimentado pátio do castelo. Alguns porcos e algumas galinhas se dispersaram com a nossa passagem. As pessoas que trabalhavam no pátio arregalavam os olhos desconfiadas de mim e cochichavam enquanto eu passava.

– Deixe o pônei aí – o guarda disse, apontando para uma estaca.

Amarrei o pônei e em seguida subi alguns degraus rumo a um corredor. O guarda bateu em uma imensa porta de carvalho com a parte de baixo de sua espada e empurrou-a para abrir. Eu estava com a boca completamente seca pela ansiedade do encontro com o barão.

Numa fração de segundos escutei o som de uma gargalhada e dois garotos passaram correndo pela so-

A Fuga de Edgar

leira da porta e me jogaram no chão. Por um segundo fiquei sentado ali mesmo, chocado e atordoado. O guarda então me estendeu a mão e me levantou.

Com um sorriso irônico no rosto, ele cochichou:
– São eles que você vai ter que ensinar, rapaz!

– Mas que alvoroço é esse? – gritou um voz rouca na escuridão da grande sala.

– É um garoto que afirma ser o seu novo preceptor, senhor – o guarda respondeu.

– Ah – disse a voz –, é melhor que vocês o acompanhem até aqui.

Nós caminhamos pela sala em direção a uma figura debruçada sobre uma mesa repleta de rolos de pergaminho que pareciam importantes.

– Então, você é Edgar Hyde? – disse o homem atrás da mesa.

– Sim – repliquei –, filho de Joshua Hyde, preceptor do barão de La Rochelle.

A figura surgiu de trás da mesa e disse: – Eu sou o barão de Montford.

Ele era outro homem gigantesco, com uma juba de cabelos negros e uma longa cicatriz que se estendia pelo queixo do lado esquerdo. Houve uma pausa, que pareceu durar uma eternidade enquanto ele me olhava de alto a baixo.

O barão quebrou o silêncio e disse: – Você já conheceu os meus garotos. Eles atiraram você no chão.

Hora do Espanto

– Não me machuquei – respondi, tentando desesperadamente agradar o barão.

Colocando seu imenso braço em volta do meu ombro, o barão caminhou comigo pela sala até uma janela com vista para um pátio. Os garotos brincavam abaixo de nós.

– Os meus garotos precisam de uma boa educação, Edgar – ele disse.

– Com certeza, barão... – respondi.

– Como você pode ver, são uns moleques que esbanjam energia, mas que precisam ter algumas arestas aparadas – ele continuou.

Acenei concordando, enquanto imaginava no que eu estaria me metendo.

O barão então gritou pela janela:

– Meninos, subam para conhecer o novo preceptor.

Alguns segundos depois houve uma tremenda algazarra quando os garotos voaram para a sala. Eles pareciam selvagens, esfarrapados, com os rostos imundos, coisas que eu achei que não eram adequadas para os filhos de um barão.

– Quero lhes apresentar Edgar Hyde – ele disse aos meninos.

Os garotos olharam um para o outro e riram.

– Este é Richard – disse o barão apontando para o garoto mais alto – e este é Thomas.

A Fuga de Edgar

Eu podia dizer sem medo de errar que na frente do pai os garotos encenavam com perfeição o papel de crianças ingênuas e inocentes.

Richard tinha um topete de cabelos claros, enquanto Thomas tinha cabelos castanhos. Ambos agora me fitavam, tentando me avaliar.

– Prazer em conhecê-los! – eu disse. – De hoje em diante vou educar vocês.

Richard então disse para o barão: – Espero que ele fique mais tempo do que o último!

Thomas deu um chute na canela do irmão, e os dois voaram para fora da sala novamente, aos gritos e berros.

O barão riu e disse: – Garotos adoráveis!

Fiquei feliz que ele pensasse assim, pois por aquelas primeiras impressões eu não tinha gostado nada deles. Após as apresentações, uma criada muito jovem foi chamada e me levou aos meus aposentos.

Ela trouxe um pouco de pão, queijo e cerveja para que eu almoçasse.

– Está tudo certo, senhor? – a criada perguntou.

– Tudo bem – repliquei –, mas por favor, me chame de Edgar, você não precisa ser tão formal comigo.

Ela enrubesceu, embaraçada, e abaixou a cabeça. Não se admitia que os servos tratassem pelo primeiro nome pessoas educadas como eu. Mas eu tinha sim-

Hora do Espanto

patizado com ela e precisava fazer amizades no meu novo ambiente.

– Qual é o seu nome? – perguntei a ela.

– Gertrude – ela sorriu.

Quando ela estava prestes a sair da sala, perguntei:

– Bem, Gertrude, você pode me contar o que aconteceu com o último preceptor?

Pela expressão dela, eu devia tê-la colocado numa situação complicada, mas ela respondeu:

– Ele chegou num dia e sumiu no dia seguinte.

Capítulo 6

O Aviso

Na hora, não dei importância ao que a criada Gertrude tinha dito. Os preceptores quase sempre vêm e vão, então, quais razões eu teria para levantar suspeitas? Tinha acabado de chegar ao castelo e havia sido apresentado àquela dupla de criadores de confusão que seriam meus pupilos. Será que realmente eu deveria esperar alguma coisa mais?

Naquela mesma tarde, fui apresentado ao conselheiro-chefe do barão. Ele era um homem robusto, baixo, com o nome de Godfrey. A primeira impressão que tive dele, com seu olhar atirado e suas maneiras agitadas, foi que ele era um homem sempre em estado de alerta. Ele sabia de tudo o que estava acontecendo em volta do barão e certamente sabia como cuidar de si mesmo. Ele era um bisbilhoteiro.

– Venha, vamos dar uma volta por aí – disse Godfrey.

Caminhamos ao longo das fortificações e conversamos sobre o barão e suas terras.

Olhamos a distância os montes verdes que se estendiam por muitas milhas.

Hora do Espanto

– Tudo isso é do barão? – perguntei.

– Oh, sim! Tudo isso e além do horizonte também! – gritou Godfrey. – Ele é um dos homens mais ricos da região.

Godfrey me mostrou o celeiro, o poço, o curral dos animais, a sala da guarda e, o mais desagradável de tudo, as masmorras.

O cheiro de morte e desespero estava por toda parte quando ele me mostrou o lugar onde eram lançados os convidados do barão que caíam em desgraça. Quando ficamos em cima da entrada de uma masmorra, eu pude escutar os lamentos de uma pobre alma lá dentro.

– Água! Água! – dizia a voz nas trevas.

Senti muita piedade da voz patética. Em simpatia, eu disse a Godfrey:

– Não devemos lhe dar um pouco de água?

– Certamente que não – disse Godfrey, torcendo o nariz para o meu pedido –, ou o barão vai ter que jogar você lá embaixo com ele.

– Ora, entendi – eu disse e engoli em seco com o pensamento de terminar numa horrorosa masmorra úmida, morrendo de fome e de sede.

– Reparou nos pobres coitados em cima da porta levadiça na entrada? – Godfrey acrescentou.

Acenei que sim, enquanto a imagem das cabeças podres giravam na minha mente de novo.

A Fuga de Edgar

– O barão não é um homem para ser questionado ou colocado em dúvida. Você já viu o que acontece com quem ousa fazer isso – Godfrey continuou.

O meu sangue gelou só de pensar no que eu estaria me metendo ao me tornar preceptor daqueles meninos. Assim, Godfrey me deu um belo aviso a respeito do barão e cabia a mim não deixá-lo zangado. Obviamente, Godfrey sabia como lidar com o barão e acho que eu também teria que aprender.

Naquela noite, Godfrey e eu jantamos juntos. Eu queria conseguir mais algumas dicas sobre como lidar com o barão e ficar bem com ele. Devoramos um delicioso leitão assado e bebemos um pouco de cerveja. Gertrude ajudou a servir a refeição e sorrimos discretamente um para o outro.

Godfrey percebeu a nossa troca de sorrisos.

– Ah, vejo que vocês já são amigos – ele disse com um olhar malicioso.

Olhei ingenuamente para o chão e Godfrey riu tanto que engasgou com um pedaço de carne. Isso me fez começar a rir e ambos rimos desenfreadamente por alguns minutos. Por fim, comecei a me sentir relaxado. Entupido de comida, encostei na cadeira e cocei a minha barriga cheia.

Godfrey sorriu.

– Veja! Essa é a vantagem de trabalhar para um dos homens mais ricos da região.

Hora do Espanto

Eu ri e concordei acenando com a cabeça.

Estava ficando tarde, aquele tinha sido um dia longo e agitado para mim, eu estava exausto. Ao me recolher em meus aposentos, senti-me muito sonolento. Estava bem a ponto de pegar no sono quando escutei um ruído no meu quarto. Seriam ratos? Ou algum ladrão viria roubar as poucas coisas que eu possuía? Talvez algum louco quisesse me matar para saciar sua sede de sangue? O meu coração disparou de medo. A minha adaga estava caída no chão, no outro lado do quarto. Eu estava sem defesa no meio da escuridão.

– Silêncio, Edgar, não faça barulho – cochichou uma voz de mulher.

Então, eu pude perceber o rosto de Gertrude com um xale enrolado em volta da cabeça. Ela se aproximou e sentou perto de mim.

– Vou ser açoitada se eles me pegarem aqui, então fale bem baixinho – ela cochichou.

– O que faz aqui? – eu perguntei da forma mais silenciosa possível.

– Vim avisar você – ela disse.

– Veio me avisar?

– Sim, é a respeito dos garotos do barão. Tome muito cuidado. Eles podem causar a sua desgraça.

Eu sorri e brinquei: – Eu consigo lidar com essa dupla de garotos ignorantes. É o barão que me preocupa.

A Fuga de Edgar

– Então, você deve ficar – disse a criada –, mas dobre os garotos, que você dobra o barão!

Como um raio, percebi o que deveria ter acontecido com o preceptor anterior, e provavelmente com todos aqueles que vieram antes dele também. Eles devem ter aborrecido os garotos de alguma maneira, o fato chegou ao conhecimento do pai deles e providências enérgicas foram tomadas. Providências enérgicas naquele lugar quase certamente significava alguma atitude implacável, algo fatal.

Ambos pulamos quando ouvimos vozes distantes.

– Preciso ir agora – disse Gertrude apreensiva.

– Muito obrigado por me avisar – eu disse enquanto ela partia silenciosamente na escuridão.

Passei a noite inteira pensando seriamente em como lidar com a situação. No que será que eu estava me metendo?

Capítulo 7

Os Meus Pupilos

Os dias que se seguiram tornaram-se um completo choque para mim. Eu jamais tinha me deparado com dois garotos tão terríveis e importunos. Eu tinha pouco tempo para crianças mimadas e seus modos, mas eles eram inacreditáveis. Eram completamente patrocinados pelo pai, e por causa dessa posição de poder, ninguém jamais ousava reclamar da maneira como os garotos se comportavam.

Richard e Thomas tinham recebido uma educação limitada, mas que parecia apenas ter abordado as áreas de mentir, enganar, roubar e desrespeitar. Eles eram especialistas em todos esses campos. Provavelmente, não havia nada mais que eu pudesse lhes ensinar.

Eu me lembro de uma vez em que apliquei-lhes uma lição. Eles entraram na sala arrastando os pés com um terrível mau-humor. Adivinhando o que tinha acontecido com os preceptores antecedentes, eu estava um pouco nervoso sobre a melhor maneira de abordá-los e conseguir a atenção deles.

Hora do Espanto

– Certo, garotos! – eu disse. – Eu sei que nós não começamos muito bem, mas eu sou pago para ensinar vocês, e é o que vou fazer.

Richard imediatamente soltou um imenso bocejo para indicar que não se importava com o que eu pudesse fazer ou dizer.

Senti um estalo. Aquele bocejo tinha ido longe demais para este preceptor. Ele precisava ser colocado em seu lugar.

Olhando para Thomas eu disse: – Você não vai querer terminar sendo um idiota ignorante como o seu irmão, não é?

Richard olhou admirado porque eu tinha ousado fazer aquele comentário. Seria possível?

Um sorriso demoníaco surgiu no rosto de Thomas.

– Eu vou contar ao meu pai o que você acabou de dizer a respeito do meu irmão.

Desapontado com o meu fracasso em atingi-los, eu levantei a voz.

– Você não quer aprender nada? – contestei.

– Um dia eu serei o barão, e tudo isto será meu – Richard respondeu.

– Sim, e eu vou ajudá-lo a governar essas terras – acrescentou Thomas.

Tentei raciocinar com eles.

– Mas vocês não serão capazes de governar adequadamente se não tiverem uma boa educação.

A Fuga de Edgar

Os garotos zombaram do meu comentário e fizeram caretas para mim. Com isso, eles se viraram e saíram da sala rindo.

Eu gritei com eles em desespero.

– O pai de vocês vai saber disso!

O que eu deveria fazer? Se eu não levasse adiante a minha ameaça de informar o pai, os garotos teriam ainda menos respeito por mim. Mas se tentasse contar ao barão que seus filhos eram aquele horror, como ele reagiria com a notícia? Ficaria furioso e puxaria a espada contra mim?

Capítulo 8

O Meu Dilema

Jamais imaginei que as coisas tomariam esse rumo. Eu desistiria do emprego ou simplesmente seguiria em frente?

Agora começava a fazer sentido por que o último preceptor dos garotos tinha desaparecido misteriosamente.

Eu decidi que precisava pensar sobre algumas coisas. Como estava uma tarde agradável, resolvi sair para cavalgar na floresta e organizar meus pensamentos por lá. Ao olhar meu pônei amarrado no pátio, achei que cavalgar nele fora do castelo pouco melhoraria a minha autoestima. Então, abordei o capitão dos guardas para saber se poderia usar um dos cavalos deles durante a tarde.

– Algo errado com o seu pônei? – perguntou o capitão.

– É que eu gostaria de sair para um bom e velho galope, só isso – repliquei.

– Está bem – disse o capitão, dando de ombros.

– Pode pegar o grande, à esquerda.

Hora do Espanto

Ele me levou até o animal.

– Tem certeza que consegue lidar com um desses? – ele indagou.

– É claro que consigo – respondi apressadamente, embora a minha experiência com cavalgadas não fosse grande.

Afaguei o animal na lateral do pescoço e imaginei sua força. Achei que seria bom me afastar do castelo por um tempo.

Inclinando-se e formando um suporte com as mãos, o capitão disse: – Pois então, monte!

De repente eu estava fora do chão encarapitado em um imenso cavalo. Já comecei a me sentir melhor.

– Cuidado com ela, Edgar – disse o capitão –, essa daí pode ser um pouco caprichosa!

O cavalo atendia às minhas ordens pelas rédeas, pelas esporas e pela voz. Ali estávamos, posicionados no meio do pátio, prontos para sair para uma cavalgada na floresta. Então, pelas costas eu ouvi aquelas risadinhas demoníacas tão familiares do Richard e do Thomas. Eu me virei e vi Richard com uma grande vara de madeira nas mãos. Ele veio correndo na direção do meu cavalo com a vara levantada.

– Não, Richard! – gritei.

Tarde demais.

A Fuga de Edgar

Ele fustigou o pobre cavalo com força na anca direita. O animal reagiu instantaneamente e empinou sobre as patas traseiras, soltando um relincho de susto.

Agarrei as rédeas com firmeza tentando recuperar o controle. O animal passou a pinotes ao redor do pátio algumas vezes e eu senti que a batalha para manter o controle estava perdida.

Tudo isso parecia acontecer em câmera lenta. Eu me soltei da companhia do cavalo e reparei que estava voando no ar. Ao atingir o topo do meu caminho para cima, vi os rostos risonhos dos dois garotos apontando para mim. Também notei a Gertrude aflita levando as mãos ao rosto. Então, caí no chão, percebendo que a minha cabeça ia se espatifar numa laje de pedra.

Ao aterrissar na pedra com um baque mortal, não pude lembrar de mais nada além de ver as crianças rindo do meu destino e de Godfrey retirando-os da cena do crime.

Capítulo 9

A Maldição

Despertei quase um dia depois, largado em uma cama. Os meus braços e as minhas pernas não se mexiam. Eu estava à beira da morte. Os meus ouvidos e a minha visão estavam enfraquecidos, mas eu ainda conseguia falar. Tive a impressão de que havia muita gente no quarto, mas de repente reparei nas risadinhas que denunciavam a presença de Richard e Thomas. O meu sangue ferveu furiosamente. Outras crianças tentavam entrar no quarto para contemplar o homem que estava morrendo. Coisa típica de crianças, eu pensei.

– Esses garotos! – resmunguei. – Vejam o que fizeram comigo...

A minha cabeça se encheu de pensamentos nefastos, demoníacos, quando vi os garotos insanos e medonhos que tinham me deixado naquela situação. O que eu, Edgar J. Hyde, tinha feito para merecer aquele final de vida tão precoce?

Foi então que eu decidi lançar uma terrível maldição em cima dos garotos, e pensando bem a propósito, uma maldição sobre todas as demais crianças, para sempre! Eu definitivamente detestava crianças e

Hora do Espanto

aquela era a minha última chance de jogar uma maldição em cima de todas elas.

– Vocês crianças! Vocês garotos! – gritei. – Eu vou me vingar de vocês todos! Vocês custaram a minha vida e agora eu juro que vou arruinar a vida de vocês. Vou jogar uma maldição sobre todos vocês de modo que a maldade e o medo os persigam o tempo todo. Toda noite eu vou entrar em seus pensamentos e em seus sonhos. Vou voltar para assombrá-los e fazê-los enlouquecer!

O esforço que fiz para pronunciar a maldição me deixou muito cansado, e eu caí num sono tão profundo que não sabia se voltaria a acordar novamente.

Os meus olhos então estremeceram e se abriram. Diante de mim estava de pé um homem velho com uma longa barba branca, vestido com uma capa roxa, cheia de símbolos intrigantes. Mas que visão mais estranha! Será que eu estaria vendo coisas?

– Edgar, você está muito perturbado, mas por favor, retire a maldição que lançou – disse o velho homem.

Eu fiquei zangado com o pedido dele.

– Quem é você para fazer um pedido desses a um homem moribundo? – questionei.

– Eu sou o Edwin – ele disse.

Ainda furioso, eu esbravejei: – Como você pretende que eu retire a maldição lançada sobre as crianças?

A Fuga de Edgar

– Você é um homem estudado, Edgar – ele replicou. – Eu também estudei muito, durante muitos anos. Mas o meu conhecimento é antigo e místico. Eu sei sobre a Terra e seus poderes naturais, a vida e a morte, o amor e o ódio, a vingança e o perdão.

– Vá direto ao ponto, homem – resmunguei.

– Eu sou o que algumas pessoas chamam de bruxo – disse Edwin.

Um bruxo? É claro que eu tinha ouvido a respeito, mas jamais havia falado com um homem que afirmava ser um deles.

– O barão soube da sua maldição e a encaminhou para mim – ele continuou. – Ou você retira a maldição ou eu vou lançar um feitiço sobre você que vai banir a sua alma para uma eternidade de aprisionamento nesta Terra.

Sem me impressionar, eu ridicularizei Edwin.

– Faça o que for pior, velho, eu vou mesmo morrer de qualquer maneira. Vou amaldiçoar todas as crianças daqui! Um bruxo, é claro, bah!

Edwin respirou fundo e olhou firme nos meus olhos. Em seguida, bateu sua longa vara de metal no chão de pedra, produzindo um toque estranho, incomum, que repercutiu por todo o quarto.

– Eu, Edwin, o bruxo, lanço um feitiço em você, Edgar Joshua Hyde. Que a sua maldição seja anulada enquanto as crianças tiverem bons pensamentos em

Hora do Espanto

suas mentes. A sua alma deve permanecer aqui na Terra, solitária, no limbo, pelo tempo que o poder do meu feitiço perdurar.

Então, ele borrifou uma poção sobre o meu corpo e eu senti um repentino calafrio vir sobre mim. Eu dei o meu último suspiro e a minha vida terminou no dia 1º de maio de 1414.

Eu estava morto!

Capítulo 10

Obras Malignas

Ser morto não é nada divertido. Isso pode parecer óbvio para vocês, leitores, mas eu posso lhes garantir que é a mais pura verdade. E o pior, é estar sob o poder de um feitiço que o impede de buscar a vingança que cada grama do seu ser deseja ansiosamente. O feitiço de Edwin tinha condenado a minha alma a perambular sem descanso por esta terra. Eu caí numa armadilha. Nem o céu e nem o inferno, fiquei preso no meio do caminho.

Você consegue imaginar o que é isso? Todos os dias são iguais. Eu existia no mundo dos espíritos, mas não podia agir no mundo dos vivos, do qual fui tão cruelmente enxotado por aquelas crianças desprezíveis.

O que eu mais desejava era poder escapar do mundo dos espíritos para voltar à vida e me vingar de Richard, Thomas e de todas as outras crianças medonhas que habitam o mundo.

Godfrey e o barão de Montford decidiram se livrar do meu corpo perto do rio. Eles não queriam

Hora do Espanto

chamar atenção para o que os garotos tinham feito e decidiram acobertar todo o incidente. Era como se eu jamais tivesse estado no castelo do barão de Montford.

O meu corpo foi levado por alguns guardas e atirado no rio, sem a menor cerimônia. Entrei no mundo dos espíritos enquanto o meu jovem e inocente corpo boiava rio abaixo e começava a apodrecer. Os meus pais jamais souberam o que acontecera comigo, e ambos foram para o túmulo de coração partido com o meu desaparecimento.

Assisti, da prisão da minha alma, Richard e Thomas se transformarem de garotos horríveis em homens horríveis. Eles jamais receberam alguma educação adequada e ainda conseguiram se livrar de outros preceptores no decorrer dos anos. Eu sentia pena dos pobres coitados que, como eu, chegavam com expectativas tão generosas, só para serem trucidados pela maldade que existia na mente e nas atitudes daqueles dois pequenos garotos.

Embora ainda fossem apenas rapazes, Richard e Thomas morriam de inveja da posição de poder do próprio pai. Em uma fatídica noite de inverno eles assumiram os negócios com as próprias mãos.

O barão de Montford estava sentado sozinho em sua grande mesa, lendo alguns documentos à luz de

A Fuga de Edgar

velas. Os filhos entraram na sala calmamente com intenções assassinas.

– Ah! Os meus garotos – disse o barão afetuosamente.

Os filhos olharam um para o outro sem saberem o que dizer.

– O que posso fazer por vocês nesta noite escura? – o pai perguntou.

– Eu vim reclamar o que é meu por direito! – Richard gritou.

Como um raio, espadas foram puxadas e golpes choveram para cima do barão. Eles cortaram e esfaquearam o indefeso homem até ele se aquietar.

Com seu último suspiro, o barão só conseguia murmurar:

– Por quê? Por quê?

Continuando com o criminoso plano que tinham em mente, os filhos então gritaram:

– Assassinato! Assassinato! Alguém matou o barão! Fechem o portão! Levantem a ponte levadiça!

Os guardas do castelo foram correndo para encontrar o barão morto. Em estado de pânico e confusão, eles acreditaram na história de Richard e Thomas, de que um invasor teria assassinado o pai deles. Em meio a um caos, eles iniciaram no castelo as buscas pelo assassino fictício.

Hora do Espanto

Richard sabia que recentemente um novo tratador de cavalos havia sido contratado no castelo. Ele se dirigiu, com alguns guardas, para o quarto onde o rapaz dormia.

Invadindo o quarto, ele gritou:
– Aí está, ele deve ser o assassino!

Apavorado, o empregado não teve como se defender quando os guardas bateram nele e o arrastaram para uma masmorra, onde ele ficaria acorrentado. Eles torturaram o pobre rapaz com ferro em brasa, para tentar fazê-lo confessar o crime, mas em vão.

Godfrey percebeu que havia algo estranho na história do assassinato do barão. Por que um simples tratador de cavalos o mataria? Mas, como sempre, Godfrey pensou em seu próprio emprego e não ousou questionar a versão contada por Richard e Thomas.

No dia seguinte, o rapaz foi enforcado sem um julgamento, apesar de alegar inocência. Foi uma morte repulsiva, pois ele se debateu durante horas, com a vida lentamente se esvaindo enquanto ele sufocava.

Richard assistiu em pé, com um ligeiro sorriso cínico no rosto, enquanto a execução prosseguia. Atrás dele, Thomas parecia ter pensamentos mais invejosos e funestos na cabeça. Ele agora queria o poder que o irmão mais velho tinha herdado.

Thomas não teve que esperar muito para que pudesse agarrar sua chance. Uma disputa surgiu entre

A Fuga de Edgar

barões rivais, o que finalmente levou-os a declarar guerra uns contra os outros. Thomas decidiu fazer seu jogo.

A batalha aconteceu num dia triste de chuva torrencial. As forças rivais se confrontaram em uma clareira da floresta. Conforme o combate avançava, tanto Richard como Thomas desmontaram de seus cavalos para entrarem no fragor da luta. O tempo todo, embora preocupado com a própria segurança, Thomas mantinha um olho gordo onde o irmão estava.

Richard acabou se separando de seus guardas e foi perseguido na floresta por dois homens. Thomas foi atrás deles esperando ver o irmão ser assassinado. Mas, em vez disso, Richard se virou e com golpes violentos derrubou os dois agressores, embora tenha recebido uma forte pancada no braço que manejava a espada.

Ao ver Thomas se aproximar, Richard sorriu e exclamou:

– Vejam! Hoje é o nosso dia!

Thomas chegou ainda mais perto e replicou:

– Hoje é o meu dia!

Ao dizer isso, ele enfiou a espada no coração de Richard. Ao sorrir achando que tinha matado o irmão, e que portanto estava com o caminho aberto para se tornar barão, também chegou a vez de Thomas. O dardo de uma balestra atingiu sua cabeça em cheio, e ele morreu instantaneamente.

Hora do Espanto

Bom descanso para ambos! Eles tiveram o que mereciam, mas como me agradaria ter cuidado do destino deles pessoalmente...

Quanto a Edwin, o bruxo que condenou a minha alma a perambular eternamente, ele simplesmente sumiu num determinado dia. Ninguém sabe como ou por que ele desapareceu. Foi como se tivesse evaporado em pleno ar.

Capítulo 11

A Vingança de Edgar

A minha alma se alegrou de ver o terrível fim dos garotos que tinham causado a minha morte precoce. Mas, no entanto, eu ansiava ser levado de volta ao mundo dos vivos para desencadear a minha vingança sobre todas as crianças horríveis da face da Terra. O problema era como neutralizar o feitiço de Edwin. Eu teria que fazer as crianças pararem de ter bons pensamentos e depois, um dia, poderia ser capaz de voltar do túmulo para a terra dos vivos.

Não se passaram muitos anos até que eu tivesse uma ideia. Bastava apenas encontrar um jeito de incutir os pensamentos demoníacos contidos em fantasmagóricas histórias de terror na cabeça de cada criança. Assim eu teria uma chance de anular o poder do feitiço do bruxo. O que eu precisava fazer era encontrar um método de saturar as mentes das crianças com ideias escabrosas.

Foi simples. Livros!

No começo do século XV, quando eu morri, as histórias de terror eram contadas boca a boca e assim

Hora do Espanto

eram passadas de geração a geração. Os contos de fadas que você conhece também eram muito mais repulsivos e assustadores na minha época. Infelizmente, com o passar do tempo, eles se tornaram muito água com açúcar e já não assustam mais ninguém.

Outro jeito das pessoas contarem a respeito das obras diabólicas e das assombrações fantasmagóricas era por meio das peças de teatro. O mais famoso escritor dessas peças foi um homem chamado William Shakespeare. Ele começou sua obra no século XVI e escreveu grandes peças como *Hamlet*, *Macbeth* e *Otelo*. Algumas delas tratavam de temas obscuros como fantasmas, assassinatos, ciúmes e vingança.

Como expliquei antes, bem poucas pessoas eram suficientemente educadas para ler. Quase não havia livros no começo do século XV, e os que existiam eram principalmente de textos religiosos. Todo livro era ornamentado e copiado à mão, e isso demorava séculos! Não seria maravilhoso se houvesse um jeito de produzir milhões de livros com histórias demoníacas para que as crianças pudessem ler? Então, as mentes se encheriam de pensamentos demoníacos e o feitiço de Edwin seria quebrado. Eu estaria livre!

Na China, durante séculos as impressões eram feitas com blocos de madeira individuais, mas esse método era muito lento. O que eu precisava era de alguém que descobrisse um jeito de produzir livros

A Fuga de Edgar

rapidamente. Perambulando pelo mundo dos espíritos, em 1450, fiquei sabendo de alguns eventos interessantes que aconteciam na Alemanha. Eu bisbilhotei uma conversa entre Johann Gutenberg e Johann Fust na cidade de Mainz.

Gutenberg disse para Fust: – O que acha disto?

Ele mostrou uma página impressa que usava letras individuais, as quais ele chamou de "tipos", organizadas em fileiras para formar palavras e sentenças. O método de Gutenberg significava que cada página de um livro poderia ser composta e impressa rapidamente. Muitas cópias de um mesmo livro também poderiam ser produzidas. Era muito mais rápido do que escrever à mão.

– Como você fez isso? – disse Fust. – Não parece que foi escrito à mão.

– E não foi, foi feito por um processo que eu chamei de impressão – Gutenberg respondeu.

Então, apontou para uma enorme prensa de madeira que ele próprio tinha feito.

Fust olhou aquilo e exclamou: – Isso é incrível!

Era exatamente o que eu precisava: um jeito de produzir facilmente muitos livros!

Johann Gutenberg explicou para seu companheiro o que era a impressão e falou das possibilidades de eles ganharem dinheiro com a produção de livros. Eu desejei com toda a minha força que Fust concordas-

Hora do Espanto

se em emprestar algum dinheiro a Gutenberg para que trabalhasse mais no novo processo chamado de impressão. Felizmente, ele aceitou. A primeira Bíblia impressa foi produzida em 1455.

Para minha surpresa e alegria, a impressão se espalhou por toda a Europa. Um homem chamado William Caxton levou-a para Londres, na Inglaterra, por volta de 1470. Ele conseguiu produzir 100 livros durante a vida útil da prensa. Isso pode parecer uma quantidade muito pequena, mas para mim, foi um começo incrível. A bola estava em jogo e eu sentia que as coisas estavam mudando a meu favor.

A produção de mais livros significava que muitas pessoas poderiam ser educadas e que seriam capazes de ler. Assim, elas poderiam passar suas habilidades de leitura para mais gente. Eu ansiava pelo dia em que houvesse muitos milhões de leitores de livros. Talvez então muitas cabeças de crianças fossem preenchidas com muitos pensamentos diabólicos, para que eu pudesse escapar da prisão da minha alma e voltar à vida.

O feitiço que Edwin lançou em mim dependia das crianças terem bons pensamentos. Eu pretendia algum dia mudar tudo isso e escapar. Eu voltaria a viver e poderia me vingar de todas as crianças da Terra.

Demorou uns poucos séculos, mas a impressão se tornou cada vez mais rápida. A introdução da energia

A Fuga de Edgar

a vapor e dos teclados para compor os tipos no século XIX permitiu que muitas cópias de livros diferentes fossem produzidas. Agora, o que eu precisava era de gente que criasse histórias de terror fantasmagóricas para que as pessoas lessem.

Capítulo 12

As Minhas Inspirações

Em 1818, uma jovem senhora chamou a minha atenção. Embora tivesse apenas 21 anos de idade, Mary Shelley escreveu um dos mais arrepiantes romances de todos os tempos, que ela chamou de *Frankenstein*. A história era a respeito de um brilhante médico de Genebra, chamado Victor Frankenstein, que ficou obcecado pela ideia de trazer um morto de volta à vida. Ele conseguiu fazer isso, mas imediatamente enxergou a possibilidade de ir mais longe, com a criação de um novo ser, incrivelmente poderoso.

Ele deu vida a uma criatura gigantesca, montada com pedaços de corpos roubados de sepultamentos recentes. Em vez de fazer melhorias na forma humana, a criatura que ele criou era indescritivelmente repulsiva e terrível de ser vista. O verdadeiro horror é que ela vivia atormentada com a miséria e o desgosto de seu próprio ser. A criatura se enche de ódio pelo seu criador porque é rejeitada por ele e passa a ter uma terrível sede de vingança. Ao contrário do monstro que pode ser visto nos filmes antigos,

Hora do Espanto

O monstro de Mary Shelley era capaz de ter sentimentos e emoções, e ansiava pelo afeto de seu criador, algo impossível de se realizar por causa de sua repugnante aparência. Essa era a verdadeira história de terror de Frankenstein.

A criatura procurava destruir tudo que o médico gostava e por fim provocou a própria desgraça de Frankenstein. Com mais histórias assim, eu achava que poderia ter boas chances de voltar a viver!

Também ouvi falar de um jovem dos Estados Unidos que batalhava para ser um escritor de sucesso. O nome dele era Edgar Allan Poe. Espionei por trás dos ombros dele enquanto ele escrevia uma história fantasmagórica chamada *A Queda da Casa de Usher*.

Foi como se eu tivesse contado a ele pessoalmente como escrever a história. Uma incrível história a respeito de fantasmas e loucura ocorrida em uma velha casa. Ele também escreveu outras histórias assustadoras, inclusive *Os Assassinatos da Rua Morgue*, sobre um louco que matava pessoas em Paris, na França. Uma coisa maravilhosa!

No final do século XIX foi escrita uma das mais famosas histórias de terror de todos os tempos. Eu tive um grande sentimento de antecipação quando Bram Stoker escreveu *Drácula*. Ali estava uma história que milhões de pessoas leriam e depois releriam mil vezes. Era baseada em lendas da Transilvânia a respeito

A Fuga de Edgar

de vampiros sanguessugas que apareciam durante a noite e sugavam a vida das pessoas! Histórias como essas ajudaram a fazer de mim, Edgar J. Hyde, uma alma muito feliz no decorrer dos anos.

Então, perto da virada do século XX, toneladas de histórias medonhas foram escritas e lidas. O que eu precisava então era que as crianças começassem a lê-las.

Pais preocupados temiam que as histórias fantasmagóricas prejudicassem as mentes de seus pequenos amores. Como eles sabiam? Era exatamente isso o que eu queria. Essa era a chave para a minha liberdade e para a minha vingança!

Capítulo 13
De Volta à Vida

Quando nós passamos o milênio, eu tive a impressão de que o meu dia estava chegando. Já havia esperado mais de 500 anos pela chance de ser levado de volta à vida. Foram longos e solitários anos perambulando incansavelmente nesta Terra, tendo por companhia apenas as minhas odiosas e medonhas crianças e aquele louco Edwin, o bruxo.

Para minha grande alegria, as crianças estavam lendo cada vez mais histórias de terror. Histórias horrorosas eram contadas em revistas em quadrinhos, em desenhos animados e ainda nas brincadeiras. Como as mentes delas se enchiam dessas diabólicas histórias, eu tinha a impressão de que o poder do feitiço de Edwin começava a enfraquecer.

De todas as crianças da Terra, eu topei com duas em particular que me ofereceram uma grande esperança na minha busca de retornar à vida e realizar a minha vingança: Bobby e Ruth Harrison.

Eles pareciam ser apenas crianças comuns, com pais comuns, que moravam em uma casa comum em

Hora do Espanto

uma cidade comum. O que as tornava especiais para mim é o fato de que elas eram absolutamente malucas em relação a tudo o que tivesse a ver com fantasmas, terror e coisas macabras. Era a obsessão delas.

Bobby tinha 13 anos de idade e era dois anos mais velho que a irmã. Eles eram muito parecidos em tamanho, ambos tinham cabelos pretos na altura dos ombros e grossos óculos de aros pretos. Ruth e Bobby eram muito próximos um do outro e unidos no amor ao terror e às coisas sanguinolentas. As outras crianças da vizinhança achavam que eles eram esquisitos e os evitavam, mas os dois não se importavam com isso. Bastava que tivessem alguma coisa fantasmagórica para ler ou assistir que eles ficavam contentes.

Bobby e Ruth passavam o tempo todo lendo histórias terríveis, assistindo a filmes fantasmagóricos ou se divertindo com jogos assustadores. As paredes dos quartos deles eram completamente cobertas com cartazes e quadros dos personagens macabros das histórias que eles liam e dos filmes aos quais assistiam. Para combinar com o fascínio por todas essas coisas, eles sempre se vestiam de preto.

Apesar do meu ódio por crianças em geral, descobri que simpatizava com essa dupla por causa das possibilidades que eles me ofereciam. Eu via neles a minha chance de ser livre novamente. Suas mentes viviam cheias de pensamentos horríveis e obscuros.

A Fuga de Edgar

Era uma alegria assisti-los da minha casa no mundo dos espíritos.

Uma noite, Bobby invadiu o quarto da irmã.

– Consegui o novo livro do doutor Morte! – ele gritou enquanto balançava o livro no alto.

– Como se chama? – perguntou Ruth, pulando animada da poltrona.

– *Maldade na Cripta* – Bobby respondeu com um risinho.

– Nossa, parece ótimo – disse Ruth. – Você acha que vai ser tão bom quanto *A Masmorra do Terror*?

Acenando com a cabeça, Bobby respondeu: – Sim, é claro, o doutor Morte tem um verdadeiro talento para o terror.

– O último livro dele foi tão bom, não consegui pensar em outra coisa durante semanas! – disse Ruth.

Com um cruel sorriso cínico, Bobby puxou outro exemplar do livro de baixo de seu casaco preto.

– Eu sabia que você não aguentaria esperar para ler, então lhe trouxe uma cópia também.

Ruth, pulando de alegria, ficou encantada com a surpresa.

– Puxa, obrigada Bobby, agora podemos ler juntos! – ela se entusiasmou.

– Sim, isso vai ser fantástico! – disse Bobby.

– Que tal começarmos agora mesmo? – Ruth sugeriu.

Hora do Espanto

– Por que não? – replicou Bobby.

Após concordarem em ler o terrível livro do doutor Morte juntos, Bobby sentou na cama perto de Ruth. Ela acendeu a luz na cabeceira, que vinha de um abajur preto com uma lâmpada verde. O efeito deixava o quarto com um misterioso brilho esverdeado. A dupla gostava desse tipo de clima no quarto.

Imediatamente eles começaram a ler. Ambos se concentraram totalmente no texto sem nada para atrapalhar a atenção, a não ser um estranho sorriso sinistro que rapidamente passava pelos rostos deles quando alguma coisa repulsiva acontecia na história.

Conforme ficavam mais envolvidos na trama do livro, eu podia sentir que o meu dia logo chegaria. Eu conseguia sentir que me tornava cada vez mais forte com a cabeça deles completamente cheia de pensamentos horríveis e obscuros. O feitiço de Edwin estava começando a enfraquecer. Eles liam um pouco mais, e eu sentia que a minha hora chegava. A cabeça deles estava completamente cheia de pensamentos obscuros e demoníacos.

Reunindo todas as minhas forças, consegui voltar por conta própria à terra dos vivos. Num instante voltei à vida novamente, ressurgindo no quarto de Ruth. Mais uma vez, eu era de carne e osso.

Engasguei quando o ar entrou em meus pulmões pela primeira vez em 500 anos. O sangue corria pelas

A Fuga de Edgar

minhas veias e o meu coração batia como um tambor dentro de mim. Ali, eu podia ver todas as coisas, sentir todos os cheiros e escutar todos os sons que há séculos eu suplicava. Era ótimo me sentir vivo novamente!

Esticando as minhas mãos e depois apertando-as de novo para sentir o poder dos meus músculos, eu quase não acreditava naquilo. Eu tinha voltado da morte. Eu tinha escapado da minha prisão!

O meu aparecimento no quarto de Ruth, porém, não chamou a atenção deles, de tanto que estavam concentrados no livro. Isso me desagradou e me fez lembrar do motivo por que eu detestava as crianças e da razão pela qual eu queria me vingar de cada uma delas. Ali estava eu, respirando novamente depois de 500 anos, e eles nem repararam em mim!

Mas que droga!

– Não se importem comigo – eu disse.

Ambos estremeceram e olharam para cima instantaneamente. Por um tempo, ficaram mudos e de queixo caído. – Gostaria de me apresentar. Sou Edgar J. Hyde – contei a eles.

Bobby arriscou-se a falar com uma voz trêmula.

– Como entrou aqui? O que você quer?

– Ora, quero apenas tomar um pouco do seu tempo e pegar algumas das suas ideias, é só isso – respondi.

Hora do Espanto

Ruth arregalou os olhos com cara feia para mim e me questionou.
– Por que se veste assim?
– Assim como? – perguntei.
Foi só então que eu reparei que estava usando roupas do século XV. Ali estava eu vestindo um sobretudo, botas e um capuz. Não imaginei que quando voltasse ao mundo dos vivos, estaria usando as roupas com as quais tinha morrido.
Eles devem ter achado que eu estava arrumado para alguma festa à fantasia.
– Eu posso explicar...

Capítulo 14

O Acordo do Livro

O medo causado pelo meu aparecimento repentino logo começou a se dissipar. Ruth e Bobby sentaram-se em silêncio e escutaram com grande interesse quando eu comecei a contar a minha história a eles. Contei-lhes como morri nas mãos daqueles horríveis garotos, Richard e Thomas. Porém, não contei a respeito do meu ódio por todas as crianças, nem como eu carinhosamente queria me vingar delas. Também não falei da maldição lançada e nem da lamentável interferência de Edwin, o bruxo.

Poupei-os desses detalhes, pois queria usar o gosto deles pelo terror para alavancar o meu plano de vingança.

O meu plano era simples. Eu encheria a cabeça das crianças com tantas histórias ignóbeis e fantasmagóricas que, de forma absolutamente simples, elas enlouqueceriam!

A mistura dos pensamentos obscuros das crianças que leem livros aumentaria cada vez mais, até que todas elas se tornassem insanas pelo puro peso da mal-

Hora do Espanto

dade dentro de suas cabeças. Depois de contar a eles sobre a minha morte, Ruth se solidarizou.

– Mas que jeito terrível de morrer. Você tinha a vida inteira pela frente...

– Sim, foi muito triste – repliquei. – Mas agora, graças a vocês, fui capaz de reviver e respirar novamente.

– Mas como pudemos ajudá-lo a voltar da morte? – perguntou Bobby.

Eu menti a eles e disse: – Bastou vocês se dedicarem ao saber e à leitura. A grande concentração de vocês me trouxe de volta.

– Verdade? – Ruth gritou.

Enxugando uma falsa lágrima no canto do olho, eu disse: – Sim, minhas queridas criancinhas, vocês me salvaram de perambular eternamente sem sentido.

Isso os enganou. Eles engoliram a minha história com anzol, linha, chumbada, vara e tudo o mais.

Então, expliquei a eles: – Temos muitas coisas para fazer.

– Nós? – disse Bobby.

– Sim, meus caros amigos – eu disse. – Tenho muitas histórias para contar de todos esses séculos na escuridão de além-túmulo.

– Então, você quer escrever e publicar histórias de fantasma? – Bobby me perguntou.

A Fuga de Edgar

– Bobby, foi por isso que escolhi você e Ruth – eu disse a eles. – Vocês são muito inteligentes, atenciosos e compreensivos.

Era muito divertido vê-los acreditar em cada palavra que eu dizia. Eles realmente achavam que prestavam um grande favor ao me ajudarem. Mas não sabiam de nada! A minha vingança seria tão doce!

– Quero que crianças de toda parte leiam as minhas histórias e as apreciem do mesmo jeito que vocês dois apreciam uma boa história de fantasmas – continuei.

– O que podemos fazer para ajudá-lo? – Ruth perguntou.

– Bem, você pode escrever o que eu disser e talvez consiga colocar essas narrativas no seu computador – respondi.

– Essa é uma grande ideia! Depois podemos enviá-las a uma editora para publicá-las. – Bobby comemorou.

– Vamos ficar ricos em pouco tempo – gritou Ruth.

Dinheiro! Eu nem havia pensado nisso. Como poderia esquecer a isca que o dinheiro representava? Quando a sua alma fica no limbo por 500 anos, você perde qualquer noção do valor do dinheiro. É claro que ele também era importante no século XV, mas bem pouca gente tinha algum naqueles tempos antigos.

Por isso, eu me permiti um sorriso malicioso ao pensar que Ruth e Bobby imaginavam que ficariam

Hora do Espanto

ricos e que seriam felizes ao me ajudarem a publicar as minhas histórias macabras. A minha intenção era usá-los e depois deixá-los insanos!

Eu devo admitir que Ruth e Bobby foram muito bons comigo. Tolinhos. Eles me deram dinheiro para encontrar algum alojamento e me entregaram algumas roupas velhas do pai, para que eu não destoasse da multidão. E o melhor de tudo, eles me dedicaram tempo e atenção, permitindo que eu lhes contasse algumas das minhas histórias. Eles adoravam cada minuto disso!

Nas semanas seguintes nós conseguimos produzir os rascunhos de seis livros. Eu enviei trechos a uma editora, que quase imediatamente respondeu pedindo para ver mais. Um encontro com o senhor Tolstoy, da Globalmania Books foi acertado. Eu podia perceber pela sua carta que ele estava desesperado para fazer negócios comigo.

A Globalmania era uma das maiores editoras infantis do mundo. Eles tinham escritórios por toda parte e seus livros eram vendidos em diversos lugares. Se eu conseguisse persuadi-los de que os livros seriam um sucesso, estaria no caminho certo para executar a minha vingança.

– Entre, senhor Hyde – disse o senhor Tolstoy.

Eu atravessei o escritório acarpetado e me sentei em uma confortável cadeira.

A Fuga de Edgar

O senhor Tolstoy falou rapidamente.
– Essa coisa é pura dinamite!
– Eu sei – repliquei com ar de confiança.
– Vai vender feito água no mundo inteiro! – ele acrescentou.
Dei um sorriso largo.
– Espero que sim – eu disse.
– Se você assinar este contrato agora, mando colocar os livros em produção imediatamente – disse o entusiasmado senhor Tolstoy. – Eles estarão nas livrarias do mundo inteiro em poucas semanas.
– Onde eu assino? – perguntei.
Tolstoy olhou para mim, estranhando.
– Não vai ler o contrato? Não está interessado em saber quanto vai ganhar com este acordo?
– Tenho certeza de que vou ganhar muito dinheiro, senhor Tolstoy. Apenas me mostre onde assino – repliquei.
Tolstoy pulou da cadeira e disse: – Fabuloso! Basta assinar nesta linha pontilhada – e apontou para baixo na folha do contrato. Ele não conseguia acreditar na sorte de ter feito uma negociação assim tão fácil.
Depois da assinatura, o senhor Tolstoy me cumprimentou e exclamou: – Eu vou, quero dizer, nós vamos ganhar uma fortuna com isto!
Eu sorri novamente e disse: – Espero que os livros alcancem o efeito desejado.

Capítulo 15

A Desforra

As semanas que antecediam o lançamento do livro pareceram uma eternidade. Bem, eu tinha passado cerca de 500 anos no limbo, então sabia uma coisa ou outra sobre ter de esperar. Mas cada minuto de cada dia parecia não ter fim. Eu não via a hora de executar a minha vingança.

Ruth e Bobby também estavam tornando a vida irritante para mim. Eles eram tão gentis e tão felizes que quase me deixavam doente. Em muitas ocasiões eu queria contar o que realmente pensava deles e que eles não me escapariam.

Aliás, eu ainda tive que esperar por mais um tempo. Telefonei para o senhor Tolstoy para saber como estava a produção dos livros. Ele ainda continuava cheio de entusiasmo pelo projeto. Isso alegrou meu impaciente coração.

– Estamos nos preparando para um lançamento mundial no dia 31 de outubro – ele disse.

Eu ri do agendamento e respondi: – Só mesmo um cara bom como você para lançar os livros no Halloween.

Hora do Espanto

– O lançamento vai acontecer em Londres, Nova Iorque, Paris, Sydney, Hong Kong, Tóquio, Johanesburgo e por toda parte mais onde você puder imaginar.

– Parece então que teremos muitos leitores – acrescentei.

– Pode apostar! – ele riu. – Vamos fazer propaganda na TV, em cartazes, competições e distribuir brindes. Está tudo acertado para o lançamento.

Fiquei comovido com o esforço feito para o lançamento dos livros. Todo mundo estava tão ansioso e entusiasmado com aquilo, que eu quase chorei. Eles não tinham ideia de qual era o meu objetivo. Se eu quisesse fazer fama e fortuna, poderia ter escrito livros sobre a história do mundo, já que tinha presenciado um bocado dela no decorrer dos séculos. Mas eu queria vingança.

O que eu precisava fazer era esperar o Halloween e tudo então daria certo. Todas as crianças do mundo ficariam malucas por causa dos meus pequenos livros macabros. Eu quase não aguentava esperar!

Os dias se arrastaram até chegar 30 de outubro. Só faltava um dia e então eu desencadearia o caos nas mentes de crianças ao redor do mundo. Será que alguma coisa poderia dar errado com o meu plano?

Naquela manhã, recebi um recado do senhor Tolstoy para ir ao escritório acertar alguns detalhes de úl-

A Fuga de Edgar

tima hora a respeito do lançamento. Não achei nada de mais no pedido, já que o lançamento de um livro desse porte estava sujeito a ter algum acerto imprevisto aqui e ali. É claro que eu queria que tudo corresse da forma mais tranquila possível, mas admitia que problemas podiam ocorrer.

– É apenas para marcar algumas entrevistas e coisas assim – disse o senhor Tolstoy.

– O que acha de eu levar os meus dois pequenos companheiros, Ruth e Bobby? – perguntei a ele.
– Será que eles não ajudam?

– Sem problemas, senhor Hyde, traga-os junto com você – ele respondeu.

Naquela tarde, pegamos um táxi para o escritório da Globalmania Books. Bobby e Ruth estavam muito agitados por se encontrarem com um homem tão importante e poderoso como o senhor Tolstoy.

Eu também fiquei agitado, mas por causa da minha vingança pessoal. A hora estava cada vez mais próxima e o meu plano estava começando a se concretizar.

Assim que entramos no prédio da Globalmania, Bobby e Ruth ficaram impressionados com o tamanho do lugar.

O piso e as paredes do saguão eram de mármore e imensas poltronas de couro estavam espalhadas por

Hora do Espanto

toda parte. O lugar parecia uma selva, com muitas plantas tropicais e fontes estranhas aqui e ali.

– Uau, que lugar imenso! – disse Ruth.

– Sim, é uma das maiores editoras do mundo – eu disse a eles.

– Os nossos livros serão vendidos em toda parte, Edgar? – perguntou Ruth.

– Com certeza, é isso o que eu espero – repliquei com um sorriso cínico. – Na verdade, espero que cada criança do mundo consiga ler logo um deles.

Fomos admirando o prédio e subimos para o escritório do senhor Tolstoy.

Ele nos cumprimentou com um imenso sorriso e disse: – Como vai, Edgar? Vocês dois devem ser Ruth e Bobby. Venham cá e sentem-se à vontade.

Ansioso para saber como o lançamento estava se desenvolvendo, perguntei rapidamente: – Está tudo saindo conforme o programado?

– Sim, é claro, sem problemas, relaxe, Edgar – ele disse confiante.

– Bobby e Ruth têm me dado uma grande ajuda. Eu não conseguiria fazer nada sem eles.

As crianças ficaram radiantes com o meu comentário. Mas que idiotas elas eram!

Depois de ligar a TV e pôr um DVD para rodar, Tolstoy disse: – Aqui está a propaganda que vai ao ar amanhã no mundo inteiro. – Vocês vão gostar disto!

A Fuga de Edgar

A tela ficou em branco por alguns segundos antes da propaganda começar. Estávamos ansiosos com a pré-estreia.

Capítulo 16

A Volta de Edwin

Para a minha mais completa decepção, um velho rosto familiar apareceu na tela. Imediatamente reconheci aquelas rugas, a longa barba e os cabelos brancos.

– Essa não! Por favor, isso nunca! Esse é o velho Edwin! – gritei.

Cada parte de meu ser gelou ao avistar o bruxo. O que ele achava que estava fazendo?

– Isso não está certo! – gritou Tolstoy.

Ruth e Bobby riram por um momento com a confusão e depois rapidamente se calaram quando repararam no meu rosto aterrorizado.

Eu virei para eles e gritei.

– Calem-se crianças bobas e horríveis. Eu odeio vocês!

Tolstoy olhou chocado para o meu acesso de raiva.

– Calma Edgar, isso não é jeito de se comportar.

– Ora bolas, cale-se você também, exibido!

O meu sangue congelou quando escutei a voz do velho Edwin. Lembrei da época em que ele colocou

Hora do Espanto

o feitiço em mim, muitos séculos antes. Como aquilo podia estar acontecendo?

– Edgar, você não toma jeito – disse Edwin.

– Eu vou! Eu vou! – gritei furioso para a imagem de Edwin na tela.

Visivelmente assustado, Tolstoy me perguntou:
– Conhece esse homem na tela?

– É claro que sim. É Edwin, o bruxo do século XV – gritei em resposta.

Tolstoy ergueu as sobrancelhas.

– Não está se sentindo bem, Edgar?

– Não... Não mesmo! – gritei quando senti que os meus planos estavam evaporando.

A voz do velho Edwin continuou:

– Edgar, você não toma jeito.

Enfurecido, gritei para Tolstoy:

– Desligue, não posso com isso!

– Não, deixe ligado, senhor Tolstoy! – gritaram Bobby e Ruth juntos.

Eu avancei para desligar a TV, mas Tolstoy me agarrou e me empurrou para trás.

– Francamente, senhor Hyde! – ele disse decepcionado com o meu comportamento.

Agora eu estava tendo um ataque de pânico, pois achava que os meus planos tinham sido frustrados pelo repulsivamente bom Edwin. Peguei um cinzeiro

A Fuga de Edgar

pesado e atirei-o na tela da TV. A tela explodiu em milhares de pequenos pedaços.

Tolstoy correu para o telefone.

– Mandem a segurança aqui para cima, já! Esse tal de Edgar J. Hyde ficou maluco. Ele é perigoso!

Então, para o meu mais completo terror, reparei que embora a tela da TV estivesse espatifada, a imagem de Edwin ainda persistia ali no meio da fumaça.

Ele ainda estava falando:

– Você não toma jeito, Edgar.

– Você não perde por esperar! – gritei de volta para ele.

Tolstoy protegeu Ruth e Bobby sob seus braços enquanto as desgraçadas criaturas se lastimavam.

– Isto é muito constrangedor, crianças. Vamos esquecer essa coisa toda.

– Nada disso, jamais! – gritei. – Eu vou me vingar!

– Você não terá nada publicado por nós! – disse Tolstoy com um tom de voz autoritário.

Enraivecido com o comentário, parti para cima dele e dei-lhe um soco no nariz. Ele cambaleou para trás ainda com as crianças embaixo dos braços.

– Certo! Que assim seja. Nunca mais quero ver ou ouvir falar de você, Hyde – ele gritou.

No momento seguinte, dois guardas da segurança invadiram a sala.

Hora do Espanto

— Esse é o louco! — Tolstoy gritou, apontando para mim. — Levem-no para fora!

Os guardas me agarraram, mas não conseguiram segurar com firmeza o meu corpo que se contorcia, e assim escapei pela porta do escritório. Corri por um corredor e encontrei um sinal que apontava para uma saída de emergência. Com os guardas no meu encalço, eu me precipitei 17 lances de escada abaixo e caí no chão do saguão, no andar térreo. Outro guarda da entrada se aproximou de mim, mas eu o desloquei para fora do meu caminho.

Furioso e em estado de pânico total, saí correndo para atravessar uma avenida com vários carros freando em cima de mim para evitar o atropelamento. Eles buzinavam e me xingavam, mas a minha mente girava em um turbilhão, só de pensar que Edwin mexeria comigo novamente.

Então, olhei para o imenso cartaz acima de mim e gelei. Era um daqueles lugares onde um gigantesco pôster deveria anunciar os meus livros. Senti o meu espírito enfraquecer quando contemplei a imagem. Havia uma figura enorme de Edwin com o dedo apontando para mim. A legenda dizia: "Edgar, você não toma jeito!".

Mostrei os meus punhos cerrados em fúria e comecei a cambalear ao longo da rua. Como tudo podia ter dado errado tão rapidamente? O que eu faria agora?

A Fuga de Edgar

Ao passar por uma série de lojas, eu via meu reflexo nas vitrines.

Eu podia ver que o meu corpo começava a desaparecer aos poucos. Não, não podia ser! O feitiço de Edwin devia estar fazendo efeito novamente. Eu estava sendo puxado de volta ao mundo dos espíritos.

Sentindo-me cada vez mais fraco, percebi que estava perto de uma livraria. Ali, na janela, havia uma vitrine onde deveriam estar os meus livros. Percebi que a brincadeira tinha acabado para mim quando olhei a capa dos livros. Todos tinham a mesma figura na frente: Edwin, o bruxo!

Notei que o fim estava próximo para mim novamente quando olhei o meu reflexo na vitrine. O meu corpo sumia a cada segundo que passava. De repente, outro reflexo apareceu. Era o velho Edwin.

– Preciso enviar você de volta para o mundo dos espíritos – ele disse. – Essas crianças não fizeram nada de errado para você.

Só então percebi que se tratava da minha própria desforra. Eu tinha escolhido Ruth e Bobby para me ajudarem porque eles estavam com a cabeça cheia de pensamentos obscuros e demoníacos.

Como eu depositei tanta confiança neles, eles também começaram a gostar muito de mim. A mente deles começou a se encher de bons pensamentos em relação a mim e assim Edwin teve a chance de relan-

Hora do Espanto

çar o seu feitiço. Crianças! Por que não podem ser dignas de confiança?

Com isso, exalei o meu último suspiro e evaporei completamente.

Capítulo 17

A Próxima Fase

Mais uma vez eu estava na terra dos mortos!

No mesmo instante fui transportado de volta para o espaço vazio de onde eu tinha acabado de escapar. Novamente fiquei condenado a vagar pela inexistência sem fim na qual Edwin tinha injustamente me aprisionado.

Aquilo simplesmente não era justo!

Eu não podia sentir o chão embaixo dos meus pés e nem o ar nos meus pulmões. O sol não aquecia a minha pele e nem o vento desmanchava o meu cabelo.

Não sentia sede nem fome. Mais uma vez fiquei privado de todos os prazeres e sensações de estar vivo.

No decorrer de longos e tortuosos séculos, eu tinha esperado a minha chance de ser livre de novo, e exatamente no momento em que eu achava que a vingança era minha, fui detonado por Edwin mais uma vez. O oportunismo do velho louco era deplorável.

Como ele soube o que estava acontecendo?

Hora do Espanto

Ele deve ter sentido que eu tinha interrompido o feitiço e estava pronto para a minha vingança. Talvez Edwin tivesse ficado me observando o tempo todo.

Naquele exato momento, tomei conhecimento da presença de outro espírito no meu espaço. Era um sentimento que causava calafrios na minha alma não existente. Só poderia ser o espírito do homem que tinha aprisionado a minha alma.

Era Edwin!

– O que você está fazendo aqui? – gritei. – Será que já não me causou bastante confusão?

– Para um homem supostamente estudado, Edgar, você às vezes é ridículo – replicou Edwin, em um tom de voz complacente.

Enfurecido pelo insulto, gritei: – Como você ousa? O que você quer dizer com isso?

– Edgar, eu sou um bruxo. Você deve saber que eu posso viajar entre os vivos e os mortos. Eu tenho a sabedoria. É isso o que os feiticeiros fazem, seu tonto! – ele replicou.

– Está tentando me dizer que você ficou de olho em mim esse tempo todo? – indaguei.

– Eu dava um pulo para observá-lo de vez em quando – o bruxo disse.

A Fuga de Edgar

Confuso, indaguei: – Se é verdade, então como nunca senti a sua presença no mundo dos espíritos?

Edwin balançou a cabeça ao ouvir essa pergunta, como se estive entristecido com a minha embaraçosa falta de entendimento.

– Sou um bruxo poderoso. Tenho poderes místicos que você jamais vai entender, Edgar. Você gosta de pensar que é mais inteligente e melhor do que todo mundo, mas a verdade é que você não passa de um preceptor de crianças do século XV – ele disse.

Fiquei ofendido com essa explicação e afirmei:

– Isso não é justo!

Edwin balançou a cabeça.

– Não tem nada a ver com justiça. Eu precisava proteger as crianças.

– Vou encontrar um jeito de acabar com você de uma vez por todas – eu disse em tom ameaçador.

Edwin sorriu de um jeito convencido.

– Vai ter muito tempo para trabalhar essa ideia. Adeus, Edgar, preciso ir agora – ele disse.

Zangado com o fato de que a aparição dele iria embora exatamente quando eu tinha tantas perguntas para fazer, ralhei com ele.

Hora do Espanto

— Por que vai me deixar?

O bruxo suspirou.

— Edgar, você não é o centro do universo, acredite ou não. Tenho outros assuntos para tratar que são muito mais importantes do que vigiar você.

Essa resposta realmente me incomodou. Quem poderia ser mais importante do que eu?

Com essas irritantes palavras finais ele sumiu, e mais uma vez me deixou sozinho na prisão da minha alma.

Pois bem, agora eu estava novamente de volta ao limbo, sem ter aonde ir e sem nada para fazer. Os espíritos como o meu apenas flutuam em volta da terra sem os sentimentos e sem as sensações das pessoas vivas. É existência atormentada. Tragédia é a única palavra que serve para descrever o que aconteceu comigo.

Mais uma vez, o tempo passa lentamente, enquanto o meu espírito perambula no vazio. Eu preciso imaginar algum outro esquema para escapar da prisão da minha alma, pois continuo determinado a desencadear a minha vingança.

Edwin, o bruxo, ainda vai se arrepender do dia em que ousou interferir nos meus negócios. Ele pode ter me prendido no momento, mas eu voltarei, e da próxima vez, vou prevalecer. A minha alma clama por

A Fuga de Edgar

vingança contra ele e todas as crianças da face da Terra. Como eu as detesto!

Foi assim que me ocorreu algo como um raio fulminante: eu teria que contar as minhas terríveis histórias de além-túmulo. Usando pessoas do mundo real, como o dedicado Hugo, eu ainda poderia mandar imprimir as minhas histórias macabras. Então, quando as crianças estiverem com a cabeça cheia de histórias demoníacas, eu terei novamente a chance de voltar dos mortos.

Sempre vai existir a chance de Edwin retornar e estragar tudo, mas esse é um risco que tenho que correr.

Pois bem, novamente, como ele disse que eu não sou muito importante, então talvez eu consiga escapar da prisão da minha alma enquanto ele estiver ocupado fazendo qualquer outra coisa. Eu até sonhei que ele seria aniquilado por outro inimigo poderoso e que o feitiço jogado sobre mim seria quebrado.

Ah, esses sonhos! Bastava um deles se tornar real... Até que isso aconteça, eu vou continuar semeando as minhas maldosas histórias para encher a mente das crianças com pensamentos escabrosos ao invés de coisas boas.

Obrigado pela leitura deste livro. Espero que você tenha gostado da minha história e que arranje mais tempo para ler outras obras minhas.

Hora do Espanto

Você tem me ajudado muito na minha busca para voltar a viver. Um dia retornarei à terra dos vivos. Edwin, o bruxo, vai ser derrotado pelo meu poder e eu me vingarei de todas as crianças que existirem.

CUIDADO COMIGO!

TÍTULOS DA COLEÇÃO

HORA DO ESPANTO

O Piano

A família Houston acredita ter encontrado uma grande pechincha quando compra um belo piano por um preço muito baixo. Mas o piano parece ter vontade própria. Na verdade, não importa qual música as pessoas tentem tocar, o piano toca sempre sua própria e triste melodia.

O que o piano tenta dizer ao mundo?

Será que os Houstons levaram algo mais além da pechincha?

E quem seria o compositor da bela, mas perturbadora, música que o piano insiste em tocar?

O Espantalho

Não é raro pessoas se tornarem fortemente apegadas ao lugar onde nasceram... Mas um espantalho?

Uma série de acidentes misteriosos na nova fazenda da família Davis faz David suspeitar de que há uma relação entre eles. Será que existe alguém, ou alguma coisa, por trás desses eventos macabros?

Quanto mais David investiga, mais ele quer manter a boca calada. Até que o terrível segredo do espantalho seja revelado!

O Escritor Fantasma

Charlie é um aluno com talento para escrever, mas nem mesmo ele consegue se lembrar de ter escrito todas aquelas palavras que aparecem em seu bloco de notas!

Parece que uma história está sendo contada nas páginas do texto manuscrito, mas quem está fazendo a narrativa e por quê?

O diretor da escola de Charlie está se mostrando um pouco interessado demais no bloco de notas e não parece muito contente. Conforme Charlie investiga, descobre que as coisas são piores do que ele jamais poderia imaginar. Você alguma vez já se assustou com o diretor de sua escola?

Eu quero dizer: ficou *realmente* assustado?

O Poço dos Desejos

Tom fica feliz da vida quando encontra um poço abandonado perto de casa.

Quando grita o que pensa dentro do poço, Tom esquece os problemas que precisa resolver na nova escola.

Lentamente, Tom percebe que quando compartilha seus desejos com o poço, eles se tornam realidade, por mais terríveis que sejam. O espírito do poço atende aos desejos, mas o que será que quer em troca?

E o que acontece quando Tom hesita em ajudar o espírito do Poço dos Desejos?

Sangue na Torneira

Bill Todd está encantado porque encontrou uma casa nova para a família. Ela é barata, localizada em uma boa vizinhança e é muito mais espaçosa, uma necessidade para a família em crescimento. Mas a esposa dele e seus filhos – Alex, Beth, Gary e Karen – não têm tanta certeza disso.

A casa parece sinistra e causa uma impressão assustadora. Eles têm um sentimento muito ruim sobre ela, mas o senhor Todd não pretende mudar de ideia.

O endereço é Avenida Blackday, número 13. E logo a família Todd descobre que seus temores estão se tornando reais. Não demorou muito para eles encontrarem algo que fez todos desejarem nunca terem se mudado!

O Doutor Morte

Alguma vez você já foi ao médico com uma doença sem importância só para descobrir que iria piorar muito em seguida?

Foi exatamente isso o que aconteceu com Josh Stevens e seus amigos. Eles deixaram de ser uma turma de adolescentes saudáveis para se tornarem despojos pustulentos, fedidos, ensebados, depois que, por coincidência, passaram por uma consulta com o encantador e elegante doutor Blair. As espinhas medonhas de Josh vão colocar em perigo o futuro encontro dele com a adorável Karen, mas existem "remédios" muito mais sinistros no armário do "bom" médico.

Será que Josh e seus amigos conseguem impedir o doutor Morte de realizar seu plano funesto?

Espelho Meu

A família Johnson comprou um lindo espelho antigo. Surpreendentemente, as três garotas da casa acham que podem ver a imagem fantasmagórica de uma garota presa dentro dele!

Ela veste roupas estranhas e parece estar tentando se comunicar com as garotas pelo espelho.

Logo, a misteriosa história da menina é revelada e a terrível verdade sobre como ela ficou presa no espelho vem à tona.

As meninas não têm outra alternativa a não ser tentar quebrar a maldição do espelho.

A Colheita das Almas

Os Grimaldi, uma assustadora família com maus comportamentos e que sempre se veste totalmente de preto, muda-se para a vizinhança de Billy e Alice.

Logo depois, a mãe, o pai e os outros vizinhos deles começam a agir de maneira muito estranha, como se de repente eles se tornassem malvados. As crianças e seus amigos, Ricky e Alex, logo são as únicas pessoas normais que sobram no bairro, em meio a ladrões, encrenqueiros e matadores.

A cidade toda, controlada pelos Grimaldi, não demora a tentar encontrar as quatro crianças, para capturar a alma delas, e tornar a "colheita" completa.

Feliz Dia das Bruxas

Samanta, Tiago e Mandy são irmãos. Os pais deles decidem descansar um pouco em uma tranquila aldeia no fim de semana do Dia das Bruxas. Os adolescentes estão muito preocupados, pois ficar em uma aldeia chata vai estragar a brincadeira de travessuras ou gostosuras.

Com certeza, o Dia das Bruxas será bem diferente do normal, mas longe de ser uma chatice!

Samanta descobre um velho livro de feitiçaria e rapidamente percebe que é capaz de controlar perigosos poderes. Logo, ela é levada para um mundo terrível e sinistro de magos e bruxos, e precisa escapar ou perderá a vida.

GAROTO POBRE

Tommy e sua mãe mudaram-se para uma casa nova e todos os vizinhos parecem ser melhores do que eles.

As outras crianças do local sentem enorme prazer em provocar Tommy e em lembrá-lo constantemente de como ele e sua mãe são pobres.

Tommy consegue a ajuda de um estranho garoto que costuma aparecer quando ele precisa. Com o novo amigo, ele começa a se vingar da criançada esnobe ao seu redor.

Mas de onde vem esse misterioso amigo?

E por que ele ajuda Tommy?

O Soldado Fantasma

Alan e Isabel adoram ouvir histórias de heroicos guerreiros escoceses. Eles visitam o local onde ocorreu a Batalha de Culloden e Alan começa a sonhar acordado com a batalha, desejando que pudesse ter estado lá para ajudar a combater os Casacas Vermelhas.

Ele muda de opinião quando uma explosão no jardim da casa deles libera os espíritos dos guerreiros fantasmas da batalha.

Alan é acidentalmente lançado no apavorante mundo dos agitados fantasmas dos soldados ingleses e escoceses, que são obrigados a lutar essa batalha de novo. As crianças precisam levar os espíritos de volta para onde eles pertencem. Mas como?